AF454402

NOTICE

DE BONS

LIVRES MODERNES

COMPOSANT LA BIBLIOTHÈQUE

De feu M. J.-C. LATOUR DUMOULIN

Ancien Publiciste, Ministre de la Police
Directeur général de l'Imprimerie et de la Librairie
Député au Corps législatif
Commandeur de la Légion-d'Honneur

LA VENTE AURA LIEU

Le Mercredi 14 Novembre 1888, à une heure de relevée

AU CHATEAU DE BEAUVOIR

Sis à Olivet, sur les bords du Loiret

Par le ministère de l'un de MM. les Commissaires-Priseurs d'Orléans

ORLÉANS

H. HERLUISON, LIBRAIRE

17, RUE JEANNE-D'ARC, 17

1888

CONDITIONS DE LA VENTE

Les acquéreurs paieront 6 pour 100 en sus des adjudications.

M. HERLUISON, libraire chargé de la vente, remplira les commissions des personnes qui ne pourraient y assister.

SOUS PRESSE :

CATALOGUE DES LIVRES DE JURISPRUDENCE

Sur la Musique, le Théâtre, l'Histoire, etc.,

COMPOSANT LA BIBLIOTHÈQUE DE M. F. D***

Dont la vente aura lieu fin novembre.

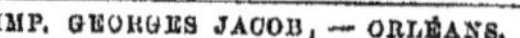

IMP. GEORGES JACOB, — ORLÉANS.

JURISPRUDENCE

1. Bréard-Neuville. Pandectes de Justinien, mises dans un nouvel ordre, par Pothier, traduites par Bréard-Neuville, texte en regard. *Paris, Dondey-Duprey*, 1821, 24 vol. in-8, broch.

2. BULLETIN DES LOIS. De l'origine à 1873, 240 vol. in-8, demi-rel.

3. Dufau, Duvergier et Guadet. Collection des constitutions, chartes et lois fondamentales des peuples de l'Europe. *Paris*, 1821-1823, 6 vol. in-8, v. rac., fil., tr. m.

4. Gerando (De). Institutes du droit administratif français ou éléments du code administratif. *Paris, Nève*, 1842, 5 vol. in-8, demi-chag. n.

5. Guéronnière (Le vicomte de La). Le droit public et l'Europe moderne. *Paris, Hachette*, 1876, 2 vol. in-8, demi-chag. rouge.

6. Molinæi (Caroli), Franciæ et Germaniæ celeberrimi jurisconsulti omnia quæ extant opera. *Parisiis*, 1681, 5 vol. in-fol. v. b.

6 *bis*. Tripier. Les codes français collationnés sur les éditions officielles. *Paris, Cotillon*, 1852, in-4, demi-rel. chag.

SCIENCES ET ARTS

7. Armengaud. Panthéon de l'histoire. *Paris, Lahure*, in-fol., nomb. fig., 1 liasse de livraisons.

8. D'Audiffret. Système financier de la France, 3ᵉ édit. *Paris, Dupont*, 1863-1864, 5 vol. gr. in-8, demi-rel. dos et coins chag. rouge.

9. Bastiat (Frédéric). Œuvres complètes, 2ᵉ édit. *Paris, Guillaume*, 1862, 7 vol. in-12, demi-rel. chag. bl., pl. perc.

10. Bouillet. Dictionnaire des sciences, des lettres et des arts. *Paris, Hachette*, 1855, fort vol. in-8, demi-rel. chag. La Vall.

11. Cham. (Album), 15 broch. in-4.
   Les représentants en vacance ; Revue comique de l'Exposition ; Croquis de Cham ; La saison des eaux, etc.

12. Collection des principaux économistes. *Paris, Guillaumin*, 1843-1848, 15 vol. gr. in-8, demi-rel. chag. v.

13. Corps législatif. Portraits des représentan!s. Phot. Franck, env. 200 port. in-4.

14. Dubois et Bernard. La cuisine classiqne avec l'école française appliquée au service à la russe. *Paris,* 1856, 2 vol. in-4 avec 215 dessins, demi-rel. v.

15. Gavarni. Masques et visages. Notice par Sainte-Beuve. *Paris, s. d.,* in-fol. cart.

16. Lacroix (P.). Vie militaire et religieuse au moyen âge et à la renaissance. *Paris, Didot,* 1873, gr. in-8, pl. en coul. et vign., broch.

17. Lavater (Gaspard). L'art de connaître les hommes par la physionomie, édit. augmentée par Moreau de la Sarthe et ornée de 600 gravures en taille-douce exécutées sous la direction de Vincent. *Paris, Depelafol,* 1835, 10 vol. gr. in-8 broch.

18. Legrand du Saulle (Docteur). Le délire des persécutions. *Paris, Plon,* 1871, in-8 broch.

19. Montaigne (M. de). Les essais, avec des notes de tous les commentateurs. *Paris, F. Didot,* 1864, gr. in-8, port., demi-rel., v. f., n. rog.

20. Platon. Œuvres, édition publiée par Schwalbé et Aimé-Martin. *Paris, Panthéon littéraire,* 1845, 2 vol. gr. in-8, demi-v. f., n. rog.

21. Wolowski. La question des banques. *Paris, Guillaumin,* 1864, in-8, demi-rel., dos et coins chag. bleu.

BELLES-LETTRES

22. Callery. Systema phoneticum scripturæ sinicæ. *Macao,* 1841, 2 part. en 1 vol. in-4 cart.

23. Elout. Dictionnaire hollandais et malais, suivi d'un dictionnaire français et malais, par Elout, d'après Marsden. *Harlem, Enschedé,* 1826, in-4 cart., n. rog.

24. Goncalves. Arte china constante de alphabeto grammatica. *Macao,* 1829, in-4 cart.

25. Gonsalves (J.-A.). Lexicum magnum latino sinicum. *Macai,* 1841, in-4, demi-rel.

26. Guignes (De). Dictionnaire chinois, français et latin, publié d'après l'ordre de l'empereur Napoléon-le-Grand. *Paris, Imp. impériale,* 1813, in-fol., bas. rac.

27. Kleczkowski. Cours graduel et complet de chinois parlé et
écrit. *Paris, Maisonneuve*, 1876, gr. in-8, demi-rel. chag.
Envoi autographe de l'auteur.

28. Littré. Dictionnaire de la langue française. *Paris, L. Hachette*, 1863-1877, 5 vol. in-4, demi-rel. chag. bl., plats
percal.

29. Spiers. Dictionnaire général anglais-français et français-
anglais. *Paris, Baudry*, 1861, 2 vol. in-8, demi-rel.

30. Taberd. Dictionarium anamitico-latinum et latino-anami-
ticum. *Fredericnagori, vulgo Serampore, ex typis Marsh-
man*, 1838, 2 vol. in-4 broch.

31. Anciens poètes de la France : Gaufrey, Huon de Bordeaux,
Aye d'Avignon, Guy de Nanteuil, publiés par Guessard,
Chabaille, Grandmaison et A. de Montaiglon. *Paris, Vieweg*,
1859-1870, 4 vol. in-12 cart.

32. Balzac (De). Les contes drôlatiques, 6ᵉ édit. *Paris, Garnier frères, s. d.*, in-8, demi-rel. v. v.

33. Balzac. Les fantaisies de Claudine. — Stendhal. L'abbesse
de Castro. *Paris, E. Didier*, 1858. — Huart, Ulysse ou les
porcs vengés, steeple-chasse, les bals publics, dess. par
Cham, Daumier, *Paris*, 1852, 3 vol. in-18, broch.

34. Barnave. Œuvres mises en ordre par Bérenger de la Drôme.
Paris, Chapelle et Guiller, 1843, 4 vol. in-8, port., demi-rel.
chag. rouge.

35. Béranger. Chansons. *Paris, Perottin*, gr. in-8, fig. sur
bois, demi-rel. chag.

36. Boileau. Œuvres avec une notice par Sainte-Beuve. *Paris,
Furne*, 1858, in-8, demi-chag., port., pl. perc., tr. dor.

37. Boileau-Despréaux. Œuvres avec des éclaircissements historiques, par Brossette et de Saint-Marc. *Amsterdam, Chan-
guion*, 1772, 5 vol. in-8, fig. de Picart, grav. par Vinkcles,
veau rac., fil.

38. Brunoy (Le P.). Théâtre des Grecs, édition enrichie de très
belles gravures, avec les remarques de MM. de Rochefort et
du Theil. *Paris, Cussac*, 1785-1789, 13 vol. in-8, v. fauve,
fil. dent. sur les pl., tr. dor. (*Courteval*).

39. Châteaubriand. Œuvres complètes. *Paris, Garnier frères,
s. d.*, 12 vol. in-8, fig. gravées sur acier, demi-rel. m. vert,
tr. m.

40. Condillac. Œuvres complètes. *Paris, Lecointe*, 1822, 16 vol.
in-8, rel. pl. en veau ant., fil., tr. m.

41. Cooper (Fenimore). Œuvres traduites par A.-J.-B. Defaucompret. *Paris, Furne et Cⁱᵉ*, 1829, 16 vol. in-8, fig. grav.
sur acier, demi-rel. bas. de coul.

42. Corneille (P.). Œuvres avec les notes de tous les commentateurs. *Paris, Didot*, 1854-1855, 12 vol. in-8, demi-rel.,
v. fauve, tr. peigne.

43. Delavigne (Casimir). Œuvres complètes. *Paris, Didier*,
1855, 6 vol. in-8, fig., demi-rel., dos et coins mar. La Vall.,
tète dor., n. rog.

44. Delille (J.). Œuvres. *Paris, Michaud*, 1824, 16 vol. in-8,
demi-rel., v. b., n. rog. (*Vogel*).

45. Demoustier. Lettres à Émilie sur la mythologie. *Paris,
Furne*, 1860, in-8, fig., demi-rel. chag., plats perc., tr. dor.

46. Diderot (Denis). Œuvres. *Paris, Brière*, 1821, 20 vol. in-8,
demi-rel. chag., n. rog.

47. Donnet (Le cardinal). Lettres et discours de Mgr Donnet,
archevêque de Bordeaux, 1872-1876. *Bordeaux*, 1875, in-8,
rel. p. en chag. rouge, fil. et dentelles sur les plats, tr. dor.
(*Armoiries de l'archevêque sur les plats.*)
Exemplaire avec un hommage de l'auteur, Mgr Donnet, à M. Latour
du Moulin, « en souvenir de la construction de l'église de Villegougé. »

48. Feuillet (Octave). Scènes et proverbes. *Paris, Lévy*, 3 vol.
in-12, demi-rel. chag.

49. Gœthe. Théâtre, traduction nouvelle par Jacques Porchat.
Paris, L. Hachette, 1860, 3 vol. in-8, demi-rel. veau fauve.

50. Grimm et Diderot. Correspondance littéraire, philosophique
et critique. *Paris*, 1813-1814, 17 vol. in-8, bas. gran.

51. Helvetius. Œuvres complètes. *Londres*, 1781, 5 vol. in-8,
port., mar. rouge, dent. sur les plats, tr. dor. (*Anc. rel.*).

52. Hugo (Victor). Œuvres complètes. *Paris, Houssiaux*,
1856-1860, 19 vol. in-8, fig., demi-chag.
Manque tome Iᵉʳ, aux romans.

53. Hugo (Victor). Les Misérables. *Paris, Pagnerre*, 1862,
10 vol. in-8, demi-rel. chag. (*Édit orig.*)

54. Hugo (Victor). L'Année terrible. *Paris. M. Lévy*, 1872,
in-8 broch.

55. Hugo (Victor). Quatre-vingt-treize. *Paris, Michel Lévy*,
1874, 3 vol. in-8 broch.

56. Horace et Boileau-Despréaux. Les deux arts poétiques
d'Horace et de Boileau-Despréaux, collationnés sur les meil-
leures éditions de ces deux poèmes. *Brest, imp. de Michel*,
1819, in-fol., texte lat.-fr., cart., n. rog.

57. Janin (J.). Clarisse Harlow. *Paris*, 1846, 2 vol. in-12, demi-rel.

58. Jouy (Étienne). Œuvres complètes. *Paris, J. Didot aîné*, 1823-1828, 27 vol. in-8. port., demi-rel. v. bl., tr. m.

59. La Fontaine. Fables. *Paris, Furne*, 1858, in-8, port. et fig., demi-rel. chag., pl. perc., tr. dor.

60. La Fontaine. Contes et nouvelles en vers par M. de La Fontaine. *Paris, Plassan*, 1792, 2 vol. in-8, fig. et vignettes, demi-rel. bas. de coul.

61. La Harpe. Lycée ou cours de littérature. *Paris, Didot*, 1821-1822, 16 vol. in-8, demi-chag. rouge, tête dor., n. rog.

62. Lamartine. Œuvres complètes. *Paris, l'auteur*, 1862-1863, 40 vol. gr. in-8, demi-rel. chag. viol., plats percal, tr. dor.

Exemplaire portant une dédicace autographe de l'auteur sur le titre du 1er volume.

63. Lamennais (de). Œuvres complètes. *Paris, Pagnerre*, 1844, 10 vol. in-12, demi-chag.

64. Lettres d'Abélard et d'Héloïse, traduction littérale par le bibliophile Jacob. *Paris, Gosselin*, 1842, in-12, demi-chag.

65. Louvet (J.-B.). Les Amours du chevalier de Faublas, 3e édition, revue par l'auteur. *Paris, l'auteur*, an VI, 4 tomes en 2 vol. in-8. demi-rel. dos et coins chag. rouge, tête dor., n. rog.

66. Machiavel. Œuvres complètes, traduites par J.-V. Périès. *Paris, Michaud*, 1823, 12 vol. in-8, demi-rel. v., tr. m.

67. Maistre (Xavier de). Œuvres complètes. *Paris, Garnier frères*, s. d., in-8, fig. sur bois, demi-chag., tr. dor.

68. Millvoye. Œuvres complètes. *Paris, Furne.* 1827, 4 t. en 2 vol. in-8, port. grav. demi-rel. chag.

69. Mirabeau. Œuvres, avec ses discours et opinions publiés par Barthe. *Paris, Brissot-Thivars*, 1820-1821, 11 vol. in-8, port., rel. pl. en v., ant. fil., tr. dor.

70. Molière. Œuvres complètes, nouvelle édition publiée par Louis Moland. *Paris, Garnier frères*, 1863-1864, 7 vol. in-8, fig., demi-rel. mar. rouge, tête dor., n. rog.

71. Montesquieu. Œuvres. *Paris, Bernard*, 1796, 5 vol. in-4, port., pap. vélin, demi-rel. chag. v.

72. Montlaur (Comte Eugène de). Essais et mélanges. *Paris, Gosselin*, 1844, 3 vol. in-12, demi-rel. m. rouge, tr. dor., n. rog.

Envoi autographe de l'auteur à M. Latour du Moulin.

73. Murger (H.). Propos de ville et propos de théâtre. — De Banville, les Pauvres saltimbanques. *Paris, Michel Lévy,* 1853, 2 vol. in-18 broch.

74. Napoléon III. Œuvres. *Paris, Amyot,* 1854-1856, 4 vol. in-8, pap. vel., demi-rel. chag. bleu.

75. Prévost (L'abbé). Œuvres complètes. *Paris,* 1783-1785, 39 vol. in-8, fig., bas. porph., tr. m.

76. Quinet (Edgard). Œuvres. *Paris, Lacroix, Pagnerre,* 1857, 15 vol. in-8, demi-rel. chag.

77. Rabelais. Œuvres collationnées sur les meilleurs textes, par Burgaud des Marets et Rathery. *Paris, Didot,* 1857, 2 vol. in-12, rel. pl. en m. bleu, pl. sur les plats. tr. dor.

78. Racine (J.). Œuvres complètes avec les notes de tous les commentateurs, 5ᵉ édition publiée par L. Aimé-Martin. *Paris, Lefevre,* 1844, 6 vol. in-8, pap. vélin, demi-rel. veau fauve, tête dor., n. rog.

79. Rollin. Œuvres complètes, édition revue par Guizot. *Paris, Lequien,* 1821-1826, 30 vol. in-8, demi-rel. b.

80. Romans modernes, format in-12, broch., plusieurs lots.

81. Romans traduits de l'anglais. 12 vol. in-12 cart.

82. Rousseau (J.-J.). Œuvres. *Paris, Lefevre,* 1819-1820, 22 vol. in-8, demi-rel. v. fauve.

83. Sand (Georges). Œuvres. *Paris, Perrotin et M. Lévy,* 1842-1859, 43 vol. in-12, demi-rel. chag.

84. Scribe. Théâtre. *Paris, M. Lévy,* 1856, 20 vol. in-12, demi-rel. v. f.

85. Sévigné (Mᵐᵉ de). Lettres. *Paris, Didot,* 1860, 6 vol. in-12, demi-chag., pl. perc., tr. dor.

86. Staaff (Le Cⁱ). La littérature française depuis la formation de la langue jusqu'à nos jours. *Paris, Didier,* 1871, 6 vol. in-8, demi-rel. chag.

87. Tasse (Le). La Jérusalem délivrée, poème traduit de l'italien (par le prince Lebrun). *Paris, Bossange et Masson,* 1814, 2 vol. gr. in-8, rel. pl. en mar., grain long, dent. int., et orn. à froid sur les plats, tr. dor.

Très bel exemplaire, avec les figures avant la lettre.

88. Villemain. Cours de littérature française. *Paris,* 1865, 6 vol. in-12, demi-rel. v. f.

89. Voltaire. Œuvres avec notes par M. Beuchot. *Paris, Lefevre,* 1834, 70 vol. in-8, demi-rel. v. f.

90. Walter-Scott. Œuvres traduites par A.-J.-B. Defaucompret. *Paris, Furne,* 1839, 30 vol. in-8, fig. sur acier, demi-rel. bas. de coul.

HISTOIRE

91. Albert Montemont. Bibliothèque universelle des voyages effectués par terre et par mer dans les diverses parties du monde. *Paris, Armand Aubré*, 1833-1836, 46 vol. in-8, demi-rel., dos et coins veau bl., n. rog.

92. Bossuet. Discours sur l'histoire universelle. *Tours, Mame*, 1870, gr. in-8, pap. vélin, fig. gravées à l'eau forte par Foulquier, broch.

93. Chassiron (Baron de). Notes sur le Japon, la Chine et l'Inde, 1858-1860. *Paris, Dentu*, 1861, gr. in-8, fig., demi-rel. chag.
    Envoi autographe de l'auteur.

94. Custine (Marquis de). La Russie en 1839. *Paris, Amyot*, 1846, vol. in-12, demi-rel. v.

95. Dumont-Durville. Voyage pittoresque autour du monde. *Paris, Tenré*, 1834, 2 t. en 1 vol. in-4, fig., demi-rel. bas.

96. Gibbon. Histoire de la décadence et de la chute de l'empire romain, avec introduction par Buchon. *Paris, Desrez*, 1835, 2 vol. in-8, demi-rel. v. f., n. rog.

97. Joanne. Dictionnaire géographique de la France. *Paris, L. Hachette*, 1872, fort vol. in-8, demi-rel. chag. rouge.

97 *bis.* Laborde (Comte Alexandre de). Itinéraire descriptif de l'Espagne, 3ᵉ édit. *Paris*, 1834, 6 vol. in-8, avec nombreuses gravures et atlas in-4, demi-rel. v.

98. Lamartine. Histoire de la Turquie. *Paris*, 1859, 8 vol. in-12, demi-chag.

99. Maltebrun. Précis de géographie universelle. *Paris*, 1843, 6 vol. in-8, fig. et cartes, demi-rel.

100. Muret (Théodore). L'histoire par le théâtre. *Paris, Amyot*, 1865, 3 vol. in-12, demi-rel., dos et coins chag. rouge.

101. Regnault (Anthoine). Discours du voyage d'outremer au Saint-Sépulcre, de Jérusalem et autres lieux de la Terre-Sainte. *Imprimé à Lyon*, 1573, in-4, fig. en bois, cart.

102. Ségur (Comte de). Histoire ancienne, romaine et du Bas-Empire. *Paris, Garnier frères, s. d.*, 3 vol. in-8, avec figures sur acier, demi-rel. chag. vert, plat percal., tr. dor.

103. Simonde de Sismondi. Histoire des républiques italiennes du moyen âge. *Paris, Furne*, 1840, 10 vol. in-8, demi-rel. chag. v.

104. Tocqueville (Alexis de). De la démocratie en Amérique, 14e édit. *Paris, M. Lévy*, 1864, 3 vol. in-8, demi-rel. veau ant.

105. Topffer. Nouveaux voyages en Zigzag, à la Grande-Char-treuse, autour du Mont-Blanc, avec une notice par Sainte-Beuve. *Paris, Lecou*, 1844, gr. in-8, fig., demi-rel. chag.

Histoire de France.

106. Annales du Sénat et du Corps législatif du 4 février 1861 au 30 juillet 1868. *Paris*, 1866-1868, 83 vol. in-4, demi-rel. chag., tr. peigne.

107. Anquetil. Histoire de France, continuée par Burette et C. Robin. *Paris, s. d.*, 8 vol. in-8, demi-rel., chag. vert, n. rog.

108. Archives parlementaires. *Paris, Dupont*, tomes 4, 5, 6, 9, 10, 11, 12, 13, 14, 15, 16, 17, 18, 19 et table de 1800 à 1860, 15 vol. in-8 broch.

109. Bazancourt. La campagne d'Italie en 1859, chronique de la guerre. *Paris, Amyot*, 1869, 2 vol. in-8, demi-chag. vert.

110. Buchez et Roux. Histoire parlementaire de la Révolution française ou Journal des Assemblées nationales depuis 1789 jusqu'en 1815. *Paris, Paulin*, 1835-1838, 40 vol. in-8 broch.

111. Camp (Max. du). Les convulsions de Paris. *Paris*, 1878, 4 vol. in-8, demi-rel. v.

112. Carte du département du Loiret, exécutée par l'état-major. 9 feuilles montées sur toile avec gorge et rouleau.
Exemplaire colorié au pinceau.

113. César. La guerre des Gaules. *Parme, de l'imprimerie royale*, 1786, 3 vol. in-8, papier vélin, demi-rel., dos chag., n. rog.

114. Chevalier. Histoire de la marine française pendant la guerre de l'Indépendance américaine. *Paris, Hachette*, 1877, in-8 br.

115. Choix de rapports, opinions et discours prononcés à la tribune nationale depuis 1789 jusqu'à nos jours. *Paris*, 1821, 23 vol. in-8, demi-rel. chag. orange.

116. Correspondance de Napoléon Ier, publiée par ordre de l'empereur Napoléon III. *Paris, Imprimerie impériale,* 1858-1869, 32 vol. in-8, demi-rel. chag. vert.

117. Dumoulin (Évariste). Histoire complète du procès du maréchal Ney. *Paris, Delaunay,* 1815, 2 vol. in-8, demi-rel. chag. La Vall.

118. Discours du général Foy. *Paris, Moutardier,* 1826, 2 vol. in-8, demi-rel. v. f.

119. Doubs. Mémoires de la Société d'émulation du Doubs, 1867-1869, 3 vol. in-8 broch.

120. Doubs. Annuaire et procès-verbaux du Conseil général, 7 vol. in-8 broch.

121. Du Casse. Mémoires du roi Joseph. *Paris, Perrotin,* 1853-1854, 10 vol. in-8, demi-rel.

121 *bis.* Dulaure. Histoire civile, morale et physique de Paris. *Paris,* 1842, 4 vol. gr. in-8, grav. sur acier, demi-rel. v. v., tr. m.

122. Dupin. Mémoires. *Paris, Plon,* 1855, 4 vol. in-8, demi-chag. noir.

123. Duruy (V.). Introduction à l'Histoire de France. *Paris, Hachette,* 1865, gr. in-8, dos et coins demi-chag. rouge.

124. Duvernoy. Éphémérides du comté de Montbéliard. *Besançon,* 1832, in-8, demi-rel.

125. Guerre franco-allemande, 3 vol. in-8, demi-rel.
De Grammont, *La France et la Prusse;* Jules Favre, *Gouvernement de la Défense nationale;* Freycinet, *La guerre en province.*

126. Guinodie (Raymond). Histoire de Libourne. *Bordeaux, H. Faye,* 1845, 2 vol. in-8 broch.

127. Guizot. Collection des Mémoires relatifs à l'Histoire de France. *Paris,* 1825, 31 vol. in-8, demi-rel.

128. Guizot. Mémoires pour servir à l'histoire de mon temps. *Paris, M. Lévy,* 1858-1867, 8 vol. in-8, demi-rel. chag. noir, pl. toile.

129. Guizot. Histoire parlementaire de France. *Paris, M. Lévy,* 1863-1864, 5 vol. in-8, demi-chag. noir, plats toile.

130. Lançon. Essai sur l'esprit politique et l'esprit de parti dans les assemblées françaises, 1302-1852. *Paris, Garnier,* 1866, 2 vol. gr. in-8, demi-rel., dos et coins v. f., tête dorée, n. rog.

131. Las Cases. Le Mémorial de Sainte-Hélène ou journal où se trouve consigné jour par jour ce qu'a dit et fait Napoléon durant dix-huit mois, suivi de *Napoléon en exil*, par O'Méara. *Paris*, 1823, 12 vol. in-12, demi-rel.

132. Laurent. Voyage de Louis Napoléon dans les départements du Centre et du Midi de la France. *Paris*, 1852, in-8, chag. pl., fil., tr. dor.

133. Latour Dumoulin. Questions constitutionnelles, 1870. — Lettres sur la constitution de 1852, édit. 1861 et 1865. — Autorité et liberté, 1869, 3 vol. broch.

134. L'Estoile (P. de). Mémoires journaux, nouv. édit., publiée par P. Lacroix et autres. *Paris, lib. des bibliophiles*, 1875-1879, tomes Ier à VI, in-8, pap. vergé, broch.

135. Maistre (J. de). De l'Église gallicane, Considérations sur la France, du Pape. *Lyon*, 1849-1850, 3 vol. in-8, demi-rel. v. f.

136. Martin (Henri). Histoire de France, 4e édit. *Paris, Furne*, 1855-1860, 17 vol. in-8, port., demi-chag. vert.

137. Métra. Correspondance secrète, politique et littéraire, ou Mémoires pour servir à l'histoire des cours, des sociétés et de la littérature en France depuis la mort de Louis XV. *Londres, John Adamson*, 1787-1788, 12 vol. in-12, v. m.

138. Napoléon III. Histoire de Jules César. *Paris, Plon*, 1865, 2 vol. in-8 broch.

139. Nodier (Ch.). Souvenirs de la Révolution et de l'Empire. — Souvenir de jeunesse. Romans. *Paris, Charpentier*, 4 vol. in-12, demi-v. f.

140. Norvins. Histoire de Napoléon, vignettes par Raffet. *Paris, Furne*, 1841, gr. in-8, demi-rel. chag.

141. Norvins (De). Histoire de Napoléon, 11e édit. *Paris*, 1839, 2 vol. in-8, port. et cartes, demi-rel. v. ant.

142. Pajol. Kléber, sa vie et sa correspondance. *Paris, Didot*, 1877. gr. in-8 broch.

143. Pajol, général en chef, par le général de division comte Pajol. *Paris, Didot*, 1874, 3 vol. gr. in-8, port., demi-chag. bleu.

Envoi autographe de l'auteur.

144. Renée (Amédée). Les nièces de Mazarin, étude de mœurs et de caractères au XVIIe siècle, 2e édit. *Paris, Didot*, 1856, in-8, rel. pleine en chag. rouge, filets et ornements dorés sur les plats, dent. intér., tr. dor.

Exemplaire aux armes de Portugal.

145: Reybaud (L.). Jérôme Paturot à la recherche de la meil-
leure des républiques. *Paris, M. Lévy*, 1848, 4 t. en 2 vol.
in-12, demi rel., v. f.

146. Richard (L'abbé). Recherches sur l'ancienne seigneurie
de Neuchatel au comté de Bourgogne. *Besançon, Cornu*,
1840, in-8 broch.

147. Souvenirs de la marquise de Créquy de 1710 à 1803.
Paris, Garnier frères, s. d., 10 t. en 5 vol. in-12, demi-rel.,
v. ant.

148. Taylor (baron), Nodier et de Cailleux. Voyages pitto-
resques et romantiques dans l'ancienne France. Franche-
Comté. *Paris, J. Didot l'aîné*, 1825, in-fol., nomb. plan-
ches, demi-rel. v., n. rog.

149. Thiers. Histoire de la Révolution française, 13ᵉ édit. *Paris,
Furne*, 1861, 10 vol. in-8, fig., demi-rel., v. f.

150. Thiers. Histoire du Consulat et de l'Empire. *Paris,
Paulin*, 1845-1862, 20 vol. in-8, demi-rel.

151. Tisseron. Annales historiques, nobiliaires et biographiques.
Paris, 1861, in-4, port., demi-rel.

152. Thierry (Augustin). Œuvres complètes. *Paris, Furne*,
1846-1853, 10 vol. in-12, demi-rel. chag.

153. Touchard-Lafosse. Chroniques de l'Œil-de-Bœuf. *Paris,
Barba*, 1864, 8 vol. in-12, demi-rel., v. f.

154. Tuetey. Étude sur le droit municipal au XIIIᵉ et au
XIVᵉ siècle en Franche-Comté et en particulier à Montbéliard. *Montbéliard, imp. H. Barbier*, 1865, in-8 broch.

155. Valette. Mécanisme des grands pouvoirs de l'État. *Paris,
Chaix*, 1857, in-8, demi-rel., dos et coins chag. rouge.

156. Vaulabelle. Histoire des deux Restaurations. 6ᵉ édit.
Paris, Perrotin, 1864, 8 vol. in-8, demi-rel. v. ant.

157. Victoires et Conquêtes, Revers et Guerres civiles des
Français depuis les Gaulois jusqu'en 1792. *Paris, Panc-
koucke*, 1821, 33 vol. in-8, demi-rel. v., tr. m.

158. Vidocq. Les Chauffeurs du Nord, souvenirs de l'an VI.
Paris, 1845, 5 vol. in-8, broch.

159. Wallon. Histoire de Jeanne d'Arc. *Paris, Didot*, 1877, gr.
in-8, pl. en coul. et fig. sur bois, broch.

Histoire d'Angleterre.

160. Bailly. Exposé de l'Administration générale et locale des
finances du Royaume-Uni. *Paris, Didot*, 1837, 2 in-8, demi-
rel. chag.

161. Blackstone. Commentaires sur les lois anglaises, avec des
notes, par Christian, traduit par Chompré, *Paris, Bossange,*
1822, 6 vol. in-8, demi-rel. chag., pl. percal.

162. Blanc (Louis). Lettres sur l'Angleterre. *Paris, Lacroix,*
1865, 2 vol. in-8, demi-rel. chag. rouge.

163. Brougham (lord). The british constitution, London, 1861.
— Blackstones commentaries, by Samuel Varren, *London,*
1855, 2 vol. in-8, cart.

164. Depping. L'Angleterre, ou Description historique et topo-
graphique de ce royaume. 2e édit. *Paris, Ledoux*, 6 vol.
in-12, nombreuses gravures et cartes, demi-m. rouge, n. rog.

165. Discours prononcés au Parlement d'Angleterre par Fox et
Pitt. Traduits de l'anglais et publiés par de Janvry et de
Jussieu. 3e édit. *Paris, Brière*, 1831, 12 vol. in-8 demi-
rel. v.

166. Fischel (E.). La Constitution d'Angleterre. Trad. par Ch.
Vogel. *Paris, Reinwald*, 1864, 3 vol. in-8, demi-rel., dos et
coins chag. vert.

167. Fisco et Van der Straeten. Institutions et taxes locales du
Royaume-Uni de la Grande-Bretagne et d'Irlande. 2e édit.
Paris, 1863, in-8, demi-rel., dos et coins chag. rouge.

168. Grey (Carl). Parliamentary governement consideräd with
reference to reform. *London, Murray*, 1864, in-8, cart.

169. Guizot. Histoire du Gouvernement représentatif. 1855,
2 vol. — Histoire de la République d'Angleterre et de
Cromwell. 1854, 2 vol. — Histoire du protectorat de R.
Cromwell et du rétablissement des Stuarts. 1861, 2 vol., ens.
6 vol. demi-chag. noir, plats toile.

170. Homersham Cox. The institution of the english governement. *London, Sweet*, 1863, fort vol. in-8, cart.

171. Hume et Smollett. Histoire d'Angleterre. *Paris, Janet et
Cotelle*, 1819, 22 vol. in-8, v. ant., fil., tr. marb. (*Simier.*)

172. Johnston. England as it is poetical, social and industrial.
Paris, 1851, gr. in-8, demi-rel., dos et coins chag. rouge.

173. Laya. Droit anglais. *Paris*, 1845, 2 vol. in-8, demi-chag.
rouge.

174. Le Hueron. Histoire de la Constitution anglaise depuis l'avènement de Henri VIII jusqu'à la mort de Charles Ier. *Nantes, V. Forest*, 1863, in-8, demi-rel., dos et coins chag. rouge.

175. Léonce de Lavergne. Essai sur l'économie rurale de l'Angleterre, de l'Écosse et de l'Irlande. *Paris, Guillaumin*, 1858, in-12, demi-chag.

176. Lingard (John). A history of England. *Paris, Baudry*, 1840, 8 vol. in-8, demi-rel., dos et coins chag. noir.

177. Lolme (de). The constitution of England. *Basil*, 1792, in-8, demi-rel. chag.

178. Nougarède de Fayet. Lettres sur l'Angleterre et sur la France. *Paris, Amyot*, 1846. 3 vol. in 8, dos et coins demi-chag. v.

179. Russell (J.). Essai sur l'histoire du Gouvernement et de la Constitution britanniques. Traduit de l'anglais par Bernard Derosme. *Paris, Dentu*, 1865, in-8, demi-rel., dos et coins chag.

180. Thierry (Aug.). Histoire de la conquête de l'Angleterre par les Normands. *Paris, Didot*, 1825, 3 vol. in-8, demi-rel.

---

181. Aignan, B. Constant, Jay et autres. La Minerve française. *Paris*, 1818-1820, 9 vol. in-8, demi-rel. chag.

182. Dupanloup (Mgr). Histoire de N.-S. Jésus-Christ. *Paris, Plon*, 1870, gr. in-8, gravures sur acier, demi-rel. chag. rouge, plats orn., tr. dor.

183. Dupont (Paul). Histoire de l'Imprimerie. *Paris*, 1854, 2 vol. in-8, texte encadré, demi-rel. chag.

184. Ernouf (baron). Pierre Latour du Moulin, créateur de l'industrie du touage à vapeur : sa vie, ses œuvres scientifiques, politiques et littéraires. *Paris, Hachette*, 1885, in-3, port., broch.

185. Franche-Comté (La). Journal des départements de l'Est. Années 1861 à 1868, 9 vol. in-fol., broch.

186. Francklin (Alfred). Les anciennes bibliothèques de Paris. Églises, Monastères, Collèges, tome Ier. *Paris, Imp. impériale*, 1867, in-4, fig., cart. n. rog.

187. Hatin (Eugène). Bibliographie historique et critique de la presse périodique française. *Paris, Didot*, 1866, in-8.

188. Histoire généalogique de la maison de Grammont. *Paris, Schlessinger frères.* 1874, in-4, tabl. gén., rel. pl., en v. m., tr. rouges. (*Armoiries sur les plats.*)
Tiré à 165 exemplaires, n° 96, avec un envoi autographe de la famille.

189. LAROUSSE. Grand dictionnaire universel du XIXe siècle français, historique, géographique, mythologique, littéraire, artistique, scientifique, biographique, etc. *Paris, P. Larousse.* 1864-1876, 15 vol. in-4, demi-rel. chag., plats percal., tr. peigne.

190. Le Clerc. Les journaux chez les Romains. *Paris, Didot,* 1838, in-8, demi-rel. chag., n. rog.

191. Magasin Pittoresque. 20 vol., broch. ou en livr.

192. Montalembert (Comte de). Histoire de sainte Élisabeth de Hongrie. *Paris, Bray,* 1862, 2 vol. in-12, demi-chag. rouge, plats perc.

193. Monde (le) Illustré, 1856 à 1877. 20 années en 40 vol., dont 15 en demi-rel., in-fol., fig.

194. MONITEUR UNIVERSEL, Gazette nationale. De l'origine à 1868. 172 vol. in-fol., demi-rel.
Rare et précieuse collection.

195. Nisard (Ch.). Histoire des livres populaire ou de la littérature du colportage du XVe siècle à nos jours. *Paris, Amyot,* 1854, 2 vol. in-8, demi-rel. chag. rouge, tête dor., n. rog.

196. Plutarque. La vie des hommes illustres. Traduction Ricard. *Paris, Hiard,* 1834, 8 vol. in-8, demi-rel. v.

197. Réimpression du Journal officiel de la Commune, in-4, demi-rel.

198. La tribune de la Gironde du 1er décembre 1819 au 8 avril 1820, en 1 vol. in-fol., demi-rel.

199. Sainte-Beuve. Portraits contemporains. *Paris, Didier,* 3 vol. in-12, demi-chag., pl. perc.

200. Sous ce numéro, les volumes non catalogués.

UN CORPS DE BIBLIOTHÈQUE EN ACAJOU.